아무것도 아닌 것 같은 그 아무것들

천년의시 0167

아무것도 아닌 것 같은 그 아무것들

1판 1쇄 펴낸날 2025년 1월 17일
지은이 김민하
펴낸이 이재무
기획위원 김춘식, 유성호, 이형권, 임지연, 차성환, 홍용희
책임편집 박예솔
편집디자인 민성돈, 김지웅, 정영아
펴낸곳 (주)천년의시작
등록번호 제301-2012-033호
등록일자 2006년 1월 10일
주소 (03132) 서울시 종로구 삼일대로32길 36 운현신화타워 502호
전화 02-723-8668
팩스 02-723-8630
블로그 blog.naver.com/poemsijak
이메일 poemsijak@hanmail.net

김민하ⓒ, 2025, printed in Seoul, Korea

ISBN 978-89-6021-797-3
    978-89-6021-105-6 04810(세트)

값 11,000원

아무것도 아닌 것 같은 그 아무것들

김 민 하 시 집

천년의시작

시인의 말

모든 빛을 섞으면
하양에 가까워진다.
우주의 빛깔이 모여 하나 된
텅 빈 백지의 눈부신 흰빛.
깊은 천진함이 어린 하양은
시와 닮았다.

문예지에 발표한 작품 몇을 빼면
대부분 서랍 속에 오래 묵혀 둔 시들이다.

서툰 대로
첫 시집을 묶는다.
수수한 안개꽃빛
정든 마음을 건넨다.

2024년 겨울

차 례

시인의 말

제1부

제2부

제3부

제4부

제1부

봄

올해도
봄은
작년 그대로
되풀이한다

높은 것 낮은 것
하늘 품듯 한없게 한결같이 얼싸안고

물소리 물든 잔바람에 긴 덤덤함이 풀어져
생이 궁금한 나무가
물음표 화사한 봄볕 물고 잎을 달싹거리는
이 장엄한 문턱에서

싹들의 흔하디흔한 초록이 펄럭일 때마다
좋아라 찬탄에 겨워 웃는 풀꽃만 한 봄

변함없이
샘솟는 파닥임이다
흐트러짐 없이
경이로운 일관성이다

유리창

아무것이 없는데
너는 빛난다

흘러내리는 빗물의
무수히 빗금 진 생채기를 보듬고
기척만 남기고 달아나는 바람의
깨어질 듯 여린 그리움을 안고

한사코 앞의 앞만 보며
씻은 속 화안히 언제나 빈 안팎으로
그쯤 있는 너

꽃이 핀다고
꽃 핀 날의 짧은 설렘을
이만큼 내 머리맡에
펼쳐 두고

가지고 갈 것이 없다는 걸 벌써 아는 듯
끝끝내 아무것이 없는 너는
있는 대로의 모든 것을

한 품에 하나로 비춰 주는 사랑인가

아, 야윈 얼굴 그토록 눈부신

어떻게 너에게 닿을까
창이여

네잎클로버

푸른 덩어리 부푼 풀밭에
푸르게 쪼그려 앉아
가득히 보면 보일까
꼭꼭 숨겨진 세상 바깥의 네 잎

나도 한 포기 푸른 것 되어
없는 소리 삼킨 토끼풀처럼 귀 열고
푸른 물음 일렁여 찾으면 나타날까
수줍은 소리 꿈틀거리는 네 잎

절하듯 몸 굽혀 푸르게 본다는 건
어딘지 모를 깊이에서 푸른 깃을 쳐
한 잎 더, 그 싱그러운 전율로
조금 다른 어마어마한 세계를 만나는 일

푸름 많은 몸짓으로
푸름 맑은 열정으로
두근두근 그리면 내게 올까
누추한 생에 세례수 한 방울만 한 네 잎

>
헌 신발처럼 익숙한 일상 꿰어 신고
없는 날개 깨워 무던히 푸른 쪽으로 걸어가면
내 안에 돋을까
못 박혀 푸르러진 신의 손바닥 같은 네 잎

봄 수채화

풀잎 악보 넘기며
봄은
어제보다 더 첫 마음으로 연주한다
공연히 아려 오는 남루한 생
미운 빛 부르튼 자리에 햇빛 한 소절 앉힌다

뜀뛰는 가슴을
아무것 없는 아무 들에다 내려놓고
꾸다 만 유채색 꿈 두루 흔들어
기척 없는 하루의 기적을 느긋이 기다리는
낙천가 봄

보슬비 다녀간 뒤
바람의 둥글어진 끝을 건져 가지고
아무것도 아닌 것 같은 그 아무것들
땅 위로 반쯤 물오르게 하는
구원자 봄

감격 잊은 한때를 빨아 널고
봄은

심장 속 별을 터뜨리는 꽃의 얼굴을
잠 덜 깬 우리 앞에 내민다
이 세상 당연한 게 한 가지도 없다는 듯

빗방울 하나

숨이 턱에 차도록 내려온
빗방울 하나
창문턱에 못 박힌 듯
멋쩍게 알몸으로 매달려 있다

대낮 같은 눈망울로
칙칙한 세상을 물끄러미 어루만져 보다가
몽땅 생을 풀어 주기로
마음먹는다

바람이 몰려오면
바람보다 앞서
별똥별의 긴 그림자 같은 푸성귀의 무르팍
들썩여 일으키는 생기발랄한 최후

온몸 빛에 적셔
무색투명하게 소멸하는
영롱함이 되자고
물껍질 깨어지기까지 저를 텅, 내려놓는다

밥솥

빈틈없어 무뚝뚝이 쌀쌀맞은 쌀들이
빈틈 생겨 상냥히 쫀득해질 때까지

생쌀 안고
밥솥은
고온의 극한 넘어 몇 번을 펄펄 애끓였을까
깡마른 생것의 아뜩함을 얼마나 온기로 안아 줬을까

한 톨씩의 쌀들이
부화하듯
잠긴 틈 열어
영혼 다해 조금쯤 서로 끌어안기까지

뜬구름 속에서 쿠쿠,
명랑하게 지펴지는 뻐꾹새 장단에 맞춰
따끈따끈 향기의 현을 켜는
밥솥을 보아라

내 마음아

촛불

깜짝 안 하고 앉아
불의 깃털 흩었다가 모았다가
어둠 극복해 내는
촛불은

줄어드는 시간의 한 토막을
불 향기로 채우며
제자리에서
촉수 높여 산다

혼신으로 타는 불이
찰나를 사르면
쌓여 가는 발그레한 침묵
그 아래 들이치는 가만한 소리들

겸손히 키 낮출수록
둘레 휘영청
성화 속 천사의 후광처럼
테두리 너머 비쳐 오는 해돋이 언어들

>
고독의 심지 끝에 나부끼는
불덩어리 날개가
무덤 속같이 무덤덤한 오늘을
천지간에 깜짝 꺼트려 놓는다

싱싱한 경고

'풀을 뽑지 마세요'라고
들풀만 한 글씨가
미용실 문 앞 단단한 돌에 새겨 있더라고
한 지인이 내게 말했다

풀잎으로 획을 그리듯 산들산들 쓴
갈맷빛 당부의 말
그 언저리엔
별 소용없어 보이는 강아지풀과
까만 눈망울 까막이는 열매 몇 알
사방 물들이고 있더라고 했다

풀빛 휘파람 불며
별빛 감고
가슴이 벅차올라 한 뼘씩 피어날
잡초 아닌 예쁜 풀잎을 위해
꽃만 같은 어린 풋것을 위해

평생을 가위질한 손에
끌처럼 초승달 하나 쥐고

머리 깎듯 돌을 깎아
풀의 고집으로 활달하게 그어 놓은 싱싱한 경고

풀 향기 풋풋이 차오르는
풀 같은 한 사람 너머 누군가를 건너보다가
돌 같던 내 심장이
들풀의 표정으로 팔딱거렸다

책

씨앗만 한 글자들이
일필휘지로 껍질 뚫고 푸릇푸릇 일어나는
책의 길을 걷는다

활자 속 들꽃의 막 피어오르는 중얼거림이 들린다
반짝임 밀고 나오는 행간의 꽉 찬 별빛이 보인다

잡힐 듯 말 듯
갈피 속 뭉근히 향기 찬 구절에 닿으면
바람으로 한 줄씩 문장마다 밑줄 긋는다
훗날 곱씹으려 책의 귀퉁이 달콤히 접어 놓는다

날개 스적이는 말의 뜻 골똘히 굴려 해독하고
한 입 오도독 깨물어 섣부르게 오독도 하면서

흙살 비집고 살아오는 풀처럼
사색의 가락으로 새 기운 도는
산책길

소리 깊은 언어의 길을

풀씨 움트는 속도로 걸어가면
곰팡이 핀 내 영혼 사이로
나폴,
개운하게
나비 날아오른다

홍시의 고백

이 말랑함을
타고난 천성이라고
쉽게 말하지 말아요

이글거리는 태양의 강도
점점 엷어질 때까지
골고루 보려고
우직한 집중이
절반

꿈인 듯 핀 꽃의 말
그 비릿한 빛깔 저물어 녹도록
나무에 몸 담그고 기다린
체념의 무한정 참음이
절반

골방 구석 상자에 발끝 오므리고
싸하게 밀려오는 빛의 방울
헤아리다가
비로소 나는

>

동터 오는

신선함에 싸여

물 많은 해의 빛깔로

무량무량

사무치게 단맛 들었어요

어떤 꽃길

더 많이
보고 싶어서
더 크게 뜨는
마음의 꽃눈

궁금해서
점점
넓게 열리는
생각의 꽃봉오리

햇살 한 땀씩 하루를 수선하며
꽃불 놓아 화들짝 잠 깨는 사이
눈멀도록
향기 자욱해진다

어둠에 기죽지 않고
꽃대 끝에 꽃빛 늘여 꿸 때
그늘 오히려 아름차게 누벼지는
날숨과 들숨 사이에 난 꽃길을 보아

＞
그리움에서 숨을 얻은
꽃걸음으로
꽃 발자국 한 송이씩 덧대어 가는
노을보다 긴 울음빛 희망을 보아

설거지

설거지하는 내 손끝에서
그릇들이 엇박자로 달그락거린다

시든 입술로 밥그릇이 내뱉는 울먹임 소리
다친 이마 만지며 주절대는 접시의 푸념 소리

퉁퉁 부어오른 투정에 시달리는
플라스틱 설거지통은
생인손 앓는 작은 세상

아무 빛깔 안 섞인 비누 거품이
한 공기 파고들어 한 바퀴 휘돌면

소독 냄새 흰 수돗물에 소음의 때 재우고
바닥 치며 올라오는
물빛 짙은 환함에
차례로 줄줄이 침묵에 드는 그릇들

부엌 찬장에
목련꽃만큼씩 봉오리 연 벙어리 화음이 벙긋 엎드린다
소리 내려놓고 햇살 포개 서로를 감싸안는다

제2부

거리 두기

태초의 눈길 기웃이 드는 이만한 거리에서
침묵에 비춰 혼자 노는 거꾸로의 시간이 늘었다

거리를 둔다는 건
읽다 만 나를 뒤적여 묵독하는 것
반쪽 달 뒤편에 수긋이 접힌 삶의 목록을 펼치고
달빛 틈에 들어앉아 삼매경에 빠져 보는 것

거리를 둔다는 건
레몬즙처럼 너를 한 방울씩 되새김질하는 것
별의 맥박 소리 들리는 나무우듬지로 날아올라
반음 높여 초신성의 새큼한 그리움을 낭독하는 것

내 속도 찾아 거리를 두니
눈 뜰 수 없이 빛나는 태양 불에 달궈지는 내가
눈 뜨고 싶지 않게 찬 빙하에 갇힌 나를 녹인다

별과 별만큼의 거리를 두니
젖은 내 눈꺼풀 안으로 꽃 피는 네 메아리
레몬꽃 향기보다 더 희게 내려앉는다

나무 도마 1

젖은 등에 잎맥의 손금 같은 빗금
갈피마다 파리한 이파리색 얼룩
속의 속까지 한 그루 절대 고독의 흔적

하늘 보며 잎새 찰랑이던 숲의 한때를
아직 잊지 않은 나무 도마가

찰나를 햇살 행주로 따뜻이 닦으며
이마 대고 수평으로 여기 엎드린다
거짓말처럼 수평선 저곳 평평한 한 끝에 발 걸치고

사노라면 그래,
비킬 수 없는 천연색 고통이 있지
어쩔 수 없는 아름다운 희생이 있지, 라고
마른 입술 달싹이는 나무 도마가

어슷어슷 탕탕 송송 나박나박
야채빛 무언가를 무언으로 한 잎씩 몰입하여 읊조린다

빛 스민 노래의 물방울이

순식간에
하늘가로 튕겨 오른다

나무 도마 2

힘껏 내려쳐도
함부로 휘지 않고

또닥또닥
토닥토닥
내던져진 냄새를 향기인 듯 받아 준다

상형문자같이 속뜻 있이 그린
빗살무늬 속삭임도 다아
번개 몇 가닥 영혼에 아로새긴
모진 흔적도 다아

긁히고 찍힌 바닥은
사무친 생들이 절창하며 지나간 소리의 길

상처 깊어진 만큼 넓게
도마는
다치면서도 다시
여백의 등 내민다

\>

속껍질 모두 베인 양파의 통곡

칼날에 찢어진 항균 마늘의 몸부림

온통 멍멍한 쪽파의 멍 자국

그럼 그럼

그래그래

하늘 밑 부서진 파편의 소리들을 업어준다

고구마 맨발

순간에서 순간으로 날아오르는 발레리나 강수진의
발레 슈즈 벗은 속
붉게 타올랐던 기괴한 맨발을 보았다

중력 거슬러 구름 속으로 도도히 뛰어올라
시작도 끝도 없는 뽀얀 치마 둥글게 부풀리면서
휘돌아
살풋,
파도치는 지상으로 햇빛 방울 떨구듯 내려딛게 한
힘찬 맨발

한 번의 유유한 동작을 위해
몇 번을 사뿐 발끝 세우고
몇 번을 더 삐끗 휘청였을까

어린 애벌레의 애절한 상승의 희망처럼
힘껏 오늘을 숨 쉬는 나비처럼
훌쩍
훨훨,
한달음에 생의 절벽 비스듬히 오르고 오른

슈즈 속 남몰래 익어 간 맨발은

선율 따라 울음 끓인 상처투성이
비틀리고 일그러진 자색고구마였다

아, 백 년에 한 번
덩굴 휘감고 둥근 꽃 우아하게 펼치는
광막한 흙의 동굴 속
뭉게구름 묻은 고구마 맨발을 보았다

단선율의 일상

'사과 한 바구니 오천 원 귤은 칠천 원'
과일 장수의 끊겼다 이어지는 순금빛 외침은
하늘 저편까지 휘돌아 닿을 단선율의 노래다

직선의 소리 술렁이는 포대 자루 속 같은 골목에서
순간을 이겨 내는 곡선의 메아리
허공에 맺힌 은방울꽃 같은 식물성 가락이
내게로 달큼히 부서진다

유서 쓰듯
몇 개의 솔기 터진 말을 되뇌며
무한 겹겹
신화의 빈칸을 채워 가는 우리들

창가에 서려 오는 천사의 이것뿐인 새 약속처럼
풍요한 세계를 향해 놓쳐 버린 나무의 초록처럼

몇 푼 안 되는 단출한 소망을 그리는

온갖 단선율의 일상에는

땅을 비질하는
뭉툭하게 뭉그러진 땀방울이 스며 있다

물방울의 기억

녹슨 수도관 헐거운 틈으로
물이 돋아
무게 한 방울씩
내려놓는다

푸른 못 뽑힌
소나무 밑동 같은 세숫대야에
폭포 방울처럼 떨어져
순한 물의 나이테를 그린다

반나절을 두 귀 닦으며 일렁이더니
손끝 모아 싹틔우던
옛 버릇 잊지 않고
물방울은

더는 덜어 낼 것 없는
한 줄짜리 풀의 시간을 피우려
넘쳐흘러서
어느새 고운 한통속이 된 땅에 무릎 꿇는다

\>

맑은 한 방울씩

속말 헹구며

무너진 생을 펴고 싶은 목마른 갈피에

저를 감춘다

바느질 인연법

전생부터 감겨 있던
한 타래의 실이 고치에서 실실이 풀려나와
텃밭 무꽃을 휘도는 나비의 몸짓으로
내 허기진 날을 꿰매고 있다

우주의 하나인 당신을
둥그렇게 말아 쥐고
내게로 기우는 아늑한 손길이 있어

찰나의 여린 끝에
비뚤비뚤
허무를 깁는
나비의 언어 같은 소리의 자락이 남는다

그 무언의 피륙에
비스듬히 마음 덧대고
나는
나를 감쳐 가고 싶은 것이다

어떻게 완성될지 모를 한 벌의 생이지만

엉성하기 짝이 없는 바느질 솜씨지만

번데기가 벗어 둔 허물 같은 하루
안으로 겹쳐 박으며
툭, 툭, 햇살 끊고 오르는 나비의 날갯짓 무늬
한 땀씩 이어 보태면서 나는

꺾인 숨결의 솔기 꼭 맞대 무한으로 시침질한다
묶인 매듭을 무꽃 줄기만큼씩 풀어 무수한 바람을 뜬다

산 밑 골방에서

나무 냄새를 손으로 훑으며 앉아 있는
산 밑 골방엔
이따금 새들이 왔다 가는데

이 집 붙박이 유리창은 온종일 뭉게구름만 보다가
눈동자 뭉게뭉게 맑혀 가지고

오이잎처럼 찌르레기처럼
멍울 가라앉혀 살자
산 향기 하나도 흘리지 말고
푸른 파문 그리며 살자고 내게 속삭인다

그 넝쿨져 가는 소리를 감고
숲으로 문 열면
아무도 아무 말이 없이
길가엔 등과 등을 맞대고 웃어 주는 일년초 풀꽃뿐
바람 속엔 넘치게 남아도는 고요의 죽비 소리뿐

누더기 심장에서 물감 꾹 짜 허공 칠하며
푸른 공허의 산에 안겨서 나는

생각의 갈피에 맺혀 오는 풋열매의 잔글씨를 읽는다
가슴 밑바닥으로 젖니 돋는 어린 하늘을 안는다

먼 곳, 시간을 잊고
속 커다랗게 익히는 산이 된다

산

산은
천년을 너그러이 마음 닦아
묻어나는 솔바람 소리로
생각을 색칠한다

내내 하늘에 귀 대고 있다가
꽃을 받아 든 개울이 물웃음 튕기면
꽃 안 핀 저 먼 데로 고개 틀어
파르란 눈길 모으고

말이 그친 끝에서 일렁이는
담담한 숨결을
수묵 번진 산그늘로 내려놓는 산

가슴속 그리움 뻐꾹새 소리 사운대면
인이 박인 청정함으로 한 뼘 더 솟아오르고
돌아온 자리는 언제나
생이 남아 있는 이곳

이끼 낀 바위보다 더 깊숙이 들어앉아

산은
끝내 말이 되지 못한 풀꽃의 사연을 받아 적는다

해탈의 음절 끌며 놋종 소리 번지는
골짝마다 착한 눈빛을 그려 놓는다

연탄을 갈며

산 밑 골방 작업실에
목이 긴 꽃병 같은 연탄난로를 놓고
새 꽃을 바꿔 꽂듯
한 철 연탄을 갈았다

독한 냉기 뱉으며
통째로 어둠뿐인 새 연탄은
한 통의 불뿐인 불 앞에서
우두커니 연방 콜록거렸다

석탄 가루의 번뇌를
빈 들의 연기로 한참씩 퍼뜨려 놓고

꽃씨 속에 볕이 들듯
구멍 송송 뚫린 가슴으로 늦게야
밑불 한가로이 흘러들었다

흙빛 난로에 연탄불을 가꾸며 알았다
이미 있는 심연의 습기 말리지 않고는
금강석 빛의 날개 아직 자라지 않는다는 걸

꽃숭어리 활활 피워 내는 그만큼
근심의 밀도 훌훌 성글어진다는 걸

그리고 기다리는 하루

동트는 하늘과
구겨진 골방 사이에
달아오르는
단감색 시간을 보아요

무언가를 그리는 것은
익숙해진 나의 일상

못다 한 말을 머뭇거리는 오늘과
못다 한 꿈이 뒤따라오는 내일
그려도 그려도 남는 그리움의 둘레에서
해를 이고 나는 춤춰요

새알같이 흰 종이에 채색 물감 스며들 때까지
기다리는 일은
오래 길들여진 습관

파꽃 쓴 파처럼
한마디 말에 아슬아슬 균형 맞추는 일은
끝내 풀어야 할 생의 과제

>

없는 소리 찾아 무언의 하루를 그리다가
무념의 경지에 이르러 그저 또 기다려요

멈춤과 움직임 사이에
내 중심 잡아 줄 절제된 여백을
새벽과 아침 사이에
안팎 에워싸여 하나 될 빛의 덩어리를

제3부

영춘화

카랑카랑 바람 차고
빈 조용함이 먹먹한
이 행성의 가장자리

낡은 의자처럼 구겨 앉아 낯선 별까지
갈까 돌아설까, 빛의 속도를 재는 내 앞으로
새벽같이
열린 너

그리 정겹게 말 걸어 준
덩굴진 틈 샛노란 기척
내게로 기울여 준
둥그스름 봄 움튼 빛깔의 귀

너를 마주한 이승의 모퉁이에서
이마 위 하늘엔 잔별 글씨 찬란하고
꽃잎 받아 든 내 손바닥은 오래 따스했다

제비꽃

아직도
너를 떠올리면
연보랏빛 선율이 나를 덮어

언덕 넘어 어딘가 이쯤에서
나는
낮 별 같은 네 발소리에
귀를 모은다

이토록 가까이서
이만큼 애틋하게

다하지 못하고 남은
말 한마디
말 없는 주머니에 채우고
내 목숨 감싸안은 너

너 없는 나를
상상할 수 없다

\>

이미

너는 내 삶에

엎질러진 향기다

벚꽃의 자기소개서

나는 봄에 태어났어요
토닥이는 빗소리 수천만 번 세며
자꾸 감기는 눈 치켜뜨면서
필 꽃 피워 낼 생각에 황홀했어요

봄이 생일인 나는
하루만 살듯 봄을 통째로 숨 쉬어요

나의 뿌리는
바닥보다 항시 더 바닥 밑에서
접혀 있는 작은 꽃을 펴
소화 성녀처럼 욕심 없이
나뭇가지 손가락에 활짝 쥐여 주어요

작년에 부러진 까슬한 줄기에
꽃문양 반창고 붙이니 꿈처럼 고통이 그쳤어요

깨어 기침하는 동안
빛에 싸여 세속 자유로이 빠져나가는 꽃잎들을 보면
토끼 꼬리만큼 희망의 의지가 솟구쳐요

\>

감기 치르듯 시행착오를 겪어 온 나

아직 해탈의 가능성 조금 열려 있어요

진달래

궁금한 것들은 빛깔로 모이는 걸까
수없이 속 끓이던 꽃잎 하나
겹겹 둥그렇게
나를 에워싼다

오후 두 시의 빗장이 풀리고
다정히 부서지는 네 심장

꿈보다도 더 꿈인 듯
순간 기울어진 바람에 베여 향내 왈칵
내게로 차오르는 너는

낮달같이 빛을 구겨 넣은 내 심장에
기우뚱 스며
바삭거리는 이때를 분홍으로 얼비쳐 든다

어디론가 떠돌던 길이 길을 개키면
모래알로 별을 씻고
봄보다 더 일찍 봄이 터지는가

\>

궁금한 것들은 그리움이 되고

발그레한 실핏줄

글썽이며 부딪쳐 오는 너는

빛으로 빚은 꽃잎에 나를 환히 가둬 놓는다

파꽃

국에 넣을 파를 씻으려
막 수돗물을 트는데
파잎의 맨 끝에서 푸우,
입김 불며 파꽃이 웃는다

새 발자국 찍힌 하늘 아래
아슬아슬
새처럼 중심 잡고
시간의 음표 둘둘 감아 놓은
환상의 첫 웃음

맵고 매운 생
속의 속을 비우고
마지막 울음 후련히 쏟아 낸 다음
구름보다 가벼워진
즉흥곡 같은 풋웃음

아무도 듣지 않아 들리지 않던
우주 끝에서
파아, 코끝 찡하게
파꽃이 낮달로 웃는다

장미

발끝으로 걸어온
꽃 핀 꽃줄기
긴 회랑에
서슬 푸른 가시가 박혀 있다

가파른 가시투성이 어제를
엷은 꽃잎 중얼거림으로
부드러이 덧입혀
허물어뜨리는 너

삐침별 한 획 예리한 가시 위에
눈 감고
돌아앉아
선연히 숨소리 모으고 있더니

이토록 온유한
한 무더기 향기를 너는
가시 긁혀 겉도는 여린 것들 위로
하염없이 흩뿌린다

등꽃 아래 서면

등나무에 등을 대고 있으면
꼭 한 번
나를 불러 준
청보랏빛 무언의 소리가
태초의 꽃타래로 짤랑거려요

어딘가 하늘에선 듯
비좁은 내 가슴으로
커다랗게 울려서 바깥으로 퍼지던 소리

우주의 풋잠을 깨우는 실낱 속삭임처럼
또록또록 마음에 찍히던
여섯 글자의 소리

세상 것 아닌 소리가
내 안에서 짤막하게 피어난 듯도 한
참 신비한 찰나였습니다

등꽃 아래 서면
나는 갓 눈 뜬 아이 되어

소리의 쉼표 같은
청보랏빛 벌거숭이 기도를
나무처럼 바치고 싶습니다

안개꽃

그냥 좋아서 웃음 꺼내
아침 안개처럼 뽀얗게 채웠어요
왠지 설워서 울음 개켜
눈물 빛깔 해쓱하게 드리웠어요

파도만큼 힘찬 몸짓으로 깃을 칠 때 있고
썰물 지듯 창백한 낯으로 한숨 쉴 때 있고
삶이 본래 흐르면서 조촐히 깊어진다지요

안개에 싸여
첫눈 같은 혼잣말을 우주 저 멀리 퍼뜨려요
들릴 듯 안 들릴 듯
꽃 노래 빚으려 조용함 헹궈 입을 오므려요

별보다 더 깜박
한사코 반짝이는
이만한 깨어남이 홍진 속 사랑인가요

환하게 마음 벗고
물감 풀어 하루를 물빛으로 그렸어요

그대 등 뒤에서 천년을
바람의 흰빛 목소리로 피었어요

개망초

희망 고인 꽃씨의 까만 눈망울로
그늘진 폭 가늠해 보다가
꽃은
이리 한 땀 저리 한 땀
꽃 핀 자리마다 끝매듭 만들며
연거푸 십자가를 움 틔운다

무겁게 가라앉은 적막 쌓인 돌밭
밟혀도 시들 것 하나 없는 망망한 언저리를
달빛 실 뽑아 공들여 수놓는 솜씨가
일품인데

별것 아닌 이곳이
별나게 빛이 넘치는 우주라고
달 뜨는 뜻밖의 우연이
달뜬 운명의 한 모퉁이라고

굴렁쇠 이어 굴리듯
절망의 고비에서 화르르 일어나
꽃은

조금의 기적을 바라며

꽃씨처럼 숨 고르는 이들을

십자수 긴 바늘귀에 달빛 꿰고 기다린다

유자 열매의 말

유자 열매가
정오의 빛보다 더 꿰뚫어 보는 표정으로
쓸모없음의 쓸모 있음을 일러 준다

독을 품어 쓸모없는 유자씨를
숯덩어리 될 때까지 불에 굴리면
캄캄하게 독을 잃고
고스란히 쓸모 있는 것이 된다고

정말 그럴까,
뒤얽혀 쓸모없어 보이는
달각달각 모서리 세찬 내 독한 아픔도
불에 들면 독이 빠져 쓸모 있게 될까

두께 모를 한 세월 동안
수심의 물기 죄 태우면
쓸모없음이 쓸모 있는
단순한 지혜로 기막히게 되살아날까

몽땅 빛 뭉치인 샛노란 열매의 말이

쓸모없이 뒹구는 내 안의 유자씨를
쓸모 있게 하나씩 들어 올린다

동백꽃 앞에서

그날이 그날 같은
이 순간을 영원처럼 믿고
꽃은

사라지고 나타나는
온몸이 눈꽃인 눈송이를
그냥그냥 끌어안고 있었다

무상한 여기서 무한의 저기로 빛을 늘여
무디어진 심지에 한 됫박 불을 붙이며

눈의 무게만큼씩
펄펄 끓는 운명을 꽃 핀 그대로 치르는
끝까지 단아한 첫 얼굴

날개 움츠린 나비의 긴 잠을 깨우는
생을 다해 쏟아 놓은 침묵이 뜨거워

발뒤꿈치 들고
눈밭의 불이 되어
꽃과 같이 나도 서 있었다

제4부

꽃나무 스케치

꽃나무는
한 뼘 흙덩이가 가진 것의 전부다

한 올씩 하루치의 날빛 늘여
파지같이 구겨진 어딘가 허전한 공터에
사람과 사람 사이 서걱거리는 어색한 배경에
향기 한 겹씩 잇대어 바느질한다

볕살 얇으면 얇은 대로
볕살 두터우면 두터운 대로
구불거리는 생각을 생각에 꼬리 물고 늘여 가다가
어떤 알아차림을 아름 나무 높이쯤 쓰윽 당겨 올린다

눈물 꿰맨 자국 안 보이게 매듭 실 툭, 끊고
세상 시름 틈에 풍요히 올려놓은 침묵의 속살

조촘조촘
어디서 끝맺음했을까, 둥글게
모조리 다 사랑이다

꽃

모진 모서리 없고
모난 모퉁이 없이
바람 찬 응달에서도 꽃빛 물린 꽃

고요에 발목 흠뻑 적시고 꽃은
이기려 다투지 않고 그냥 진다

세상에 모진 빛깔 섞인 꽃이 어디 있나
끝내 지지 않고 버티는 꽃이 어디 있나

원시의 태동 같은 새소리에 등 기대고
그늘 어룽진 것들 품고 풀어
새순의 시간 위에
생꽃 애틋이 피워 내면 그뿐

꽃자리 흉터는
잠시 자리 비운 바람의 여운
불 듯 말 듯 다시 이는 그 바람으로
진 자리에서 꽃은 일어선다

\>

그래서 꽃 앞에 서면

두근거림 멎은 심장에 조금조금 노을빛이 퍼진다

시들어 금 그어진 자리가 저릿하게 싱싱해진다

기차

"다음 역에서 내릴 분은
잊은 물건 없는지 살펴보세요"
우주의 울림처럼 안내방송이 내 이마를 친다

짐을 챙기려는데
어딘가에 놓고 온 것들이
메아리치듯 겹겹 내려 쌓인다

무심결에 꺼트린 풀씨만 한 가능성의 등불
졸음에 겨워 못 들은 미농지 두께의 네 속삭임
바빠서 놓친 청량한 태초의 신바람

모르는 어디에
모두 부려 놨을까

나 여기
지난 뒤편의 되울림 속에 비끼어 앉아
그저 헤아려 본다

완행 기차의 속도로 달려온 시간 속

한낮에 눈 뜨고 지나친
풀물 든 맨발의 숨결을

새

부푼 소리 비우며
없는 속의 가뿐함이 그저 속없이 좋아
때마다 노래하는 새는

오래된 허공의 맨살에 스며
숲의 고즈넉한 음률까지를
미세하게 드러낸다

그 팽팽한 지저귐으로
들꽃이 들길에 하나 더 꽃대 세우고
계절은 비릿함 무르익히고

저만의 모국어로 뿜어 올리는
새소리에 귀 기울이면

하늘 밟은 발자국
맨발의 헐거운 첫걸음이
내게로 번져 와

그 드높은 기웃거림으로
캄캄하게 소란스러운 세상 소음이 순식간 닫힌다

밤의 설거지

밤은
하늘 천장을 한번 휘저어
맨손으로
빛이 툭 떨어지는 별을 건진다

내 하루의 그릇 헹구고
미루나무 속잎 같은 파르란 희망 몇 움큼
거둬 담는다
조무래기 천사가 흘리고 간 하품처럼
내게로 옮겨 올 상긋한 내일도 몇 날
덤으로 개켜 넣는다

꽃잎 깔고 앉았다 일어선 바람 같은
별별 두근거림을
풀썩거리는 내 속에
이만큼 환하게 부려 놓는다

몽당연필

저녁만큼
키가 줄었다

깎이면서도 휘지 않고
연두 바람 부는 줄 공책 위에서
반나절씩 뒤척이며
중얼중얼 지우고 겹쳐 쓴 모음들

영혼의 심지는
아직 따뜻한데

생이 다하도록
풀잎에 풀잎 포개 쓴 문장 끝에
갓 쏟아지는
별빛 느낌표 찍고 싶어

여전히 날것의 마음으로
바람에 씻긴 언어를 찾아 순례한다

길

둥근 길이 되어 너에게 가고 싶다

걸음마다
흙먼지 낮게 쓸린 자리에
천둥 삼킨 꽃봉오리가 무릎 펴는 길

기막힌 껍질 깨트리고
날갯짓 참방참방
탄력 있게 나비 나는 길

한참을 설웠던 설움의 옹이 딛고
쪽빛 일으켜
풀씨 뿌리듯 풀풀 새가 지저귀는 길

해넘이 끄트머리서
능선같이 하늘 광활하게 기대고 걸터앉아 있다가
햇볕 쌓인 오늘로 상큼 발자국 떼어 놓는 길

그리움 저물지 않은 길을 너와 방랑하고 싶다

별사탕

유리병에 총총 뜬
별사탕을 알알이 꺼낸다

별 하나 입에 굴려
펄펄 날아내리는
별의 별스럽게 반짝이는 생각을 녹인다

꿈 하나 배부르게 삼키고
살살 새어 나오는
생시 아닌 꿈만 같은 찬란함에 눈 뜬다

유리병의 별이
사라질수록
달강달강 움터 오르는
내 동공 속의 빛

두렷이 실려 오는 열망 한 움큼
바람에 살아오는 동경 한 움큼

별빛 덜어 이마 적시면

없는 듯 푸르게 있는 하늘가
구르다가 잠시 멈춘 구름에 갇힌 네 꿈도
언뜻언뜻 되비치겠다

벽

벽의 겨드랑이에 새싹만큼 못을 박는다
벽이 콩콩, 은종 소리를 낸다
물 풀어지듯 퍼지는 그 웃음 끝에 리넨 앞치마를 건다

겨드랑이께에 돈은 안개빛
내 앞치마를 파닥이며
벽은 질척이는 땅을 박차고
별의 이랑 사이로 사라질 것이다

훨훨 날아가고
툭 터진 내 방 한 칸만
여기 있어,
없는 벽 속으로 보기 드문 휘파람새가 들락거리고
없는 벽 틈으로 농담처럼 라일락 향기는 흘러 들어오고
나는 불시에 방문한 햇빛에 부신 눈을 뜨겠지

갇힌 빙벽의 쓸쓸함
닫힌 새벽의 막막함
막힌 면벽의 갑갑함에
어쩌자는 생각 없이 콩콩, 개벽의 망치를 두드린다

숨어서 빛날 못의 별을 꿈으로 꿈꿈, 박는다

깨우침이 솟아 죽지 간지러운 벽이
홀연 흥겹게 우주 저편으로 섞여 날아가면
나는
열린 문 너머에서 당신이 내민 손을 잡을 것이다

그림자

내 그림자가 생각의 기슭에 귀 대고
들리지 않은 것을 엿듣고 있다
아직 터지지 않은 푸릇한 폭죽 소리를
모든 것 속에 깃든 신의 발소리를

그저 납작 누워 있다가도
막다른 담벼락에 이르면
하늘 쪽으로 박차고 일어선다, 그림자는
천연의 길을 내게 알려 주려는 듯

햇살이 좋아 수천의 햇살 불러
햇살 업고 기우뚱 내일로 앞서가는 그림자
햇살 안고 슬렁슬렁 생을 끌며 뒤따라오는 그림자

내 수척한 그림자에
언 땅 건너온 냉이꽃 그림자가 팔랑 감긴다
향기 들킨 매실나무 그림자가 둥둥 섞인다

때로 밝은 곳에서
헛군데 한눈팔 때

오래 어둑했던

쓸쓸하고 배고픈 그림자 하나둘

길게

내 발밑에 와 깃들기도 한다

배추김치 읽기

제법 두꺼운 책들이 배추밭에 빽빽하다

책장 높은 데 꽂힌 해독하기 난해한 철학서처럼
겉장만 닳아 나달거릴 뿐 그 속은 빳빳한 새것
읽은 흔적이 없다

어머니가
아무도 손대지 못한 두툼한 책을
아무 일 아니란 듯 한나절 즐겁게
뒤적거린다

하늘 뜻 온몸으로 안고 맛이 든 한 줄
뿌리의 짱짱한 소리 받아써서 속이 꽉 찬 한 줄
배추벌레가 등짝 갉아 대는 밤엔 고뇌를 삼킨 한 줄
초록의 통찰이 조록조록 맥박 뛰는 한 줄

양념 범벅된 매운 손길로
한 쪽씩 넘기며
얼마나 뒤적이며 열심히 읽은 것인가
오래된 경전처럼 붉은 밑줄 가득하다

\>

연륜만큼 쪼글쪼글 빠트림 없이 사유하며
마지막까지 공들여 정독하고 부엌 구석에 밀쳐 놓은
어머니의 낡은 책

아침에 한 보시기 사근사근 곱씹어 본다

오늘

살맛 나는 그대로
날짜들 상하지 않게 보관하는 달력은
생생한 생의 냉장고

오늘이 신선한 건 마법 같은 결빙의 힘 때문이다

버티며 살아 낸 하루가 어느새 없어지면
단 한 번 꼭 하루씩
나붓나붓 처음으로 빛이 모이고
홀연 새것이 되는 신생의 날들

어제보다 더 풋물 들길 바라는
오래된 이 찰나는 낯익은 공것이다
열정 하나 더 늘길 기대하는
한 움큼의 영원은 낯선 공의 것이다

허공으로 눈의 노래 털며 헐렁해도

쌀빛의 흰 생내 풍기는 오늘은 내 것이다
물기 어린 희망으로 이긴 한 덩어리 오늘은 내 생이다

제5부

스테인드글라스

소리 없는 천상의 빛이
소음에 파인 지상의 색을
가벼이 들어 올리는데요

그 빛 넘쳐선
희로애락 품은 색의 가슴을 통과하여
더 아래로 바닥까지 퍼져 나가요

말이 없이 말을 하는
무한에서 이 순간으로 엎질러지는
하늘의 파동

영혼의 천장에 채광창을 뚫고
가두어진 내면의 파편들
그 위로 빛 한 장 덮으면

누덕누덕 기운 누더기 내 한때도
다사로이 고동치며
저토록 환해질까요

신神이 써 놓은 시

눈 뜨고 바라본다
은유 풍부한 세상

밭의 죽지에 날개 깁는 연록빛 상추의 의지
달빛 불러 생의 의미를 묻는 달맞이꽃의 눈길

하루의 몽당연필로 흙에 쓴 일용할 양식 몇 구절
구겨진 것 다독이며 곁에 머무는 작은 풍경들

귀 기울여 들어 본다
운율 경쾌한 세상

부리 닦아 들썩거리며 뜰을 채우는 새의 지저귐
온갖 물소리 끌어안고 물때 터는 바다의 철썩임

부러진 그림자 되일으켜 신선해지는 노래 몇 소절
구릉 저편 폐허의 구석에 깃드는 온기의 소리들

크리스마스카드

하늘이 쏟아져
흙으로 주저앉은 땅 전체에
푸른 소문이 퍼졌어요

말씀이 사람이 되는
세상에서 가장 온화한 풍경이
이제 막 펼쳐지려 합니다

마주 보기 정갈한
저 높은 데서
강보에 싸인 눈송이가 방긋 내려오고
부러진 영원의 날개는 이어져 금빛 깃을 파닥입니다
물가에 앉아 복잡한 생각에 빠진 얼음은
빛의 심장 끌어다 무진장한 생각을 단순하게 녹이고,
놀라움을 한 송이 가슴에 꽂은 나무 아래
천추의 기다림이 곧 완결될 듯 두근거리고요

죽도록 인간을 사랑한 배꼽만 한 빛이 태어나
텅 빈 천지에
생금 같은 지금이 꽃 필 듯하여요

눈

새록새록
눈이 날아오른다

깃털 오므린 새처럼
하늘가에 꾸벅 조는 듯 있더니
착한 산마을의 야윈 무릎을 덮어 주는
눈

삭막한 사막 같은 밭둑에 내려와
반가운 기별의 흔적 같은 것 마를 새 없이
쟁이고

물집 잡혀 발바닥 쓰라린 나무의 살갗 속
부화를 꿈꾸는 잎새의 연두 부리를 엿보고

눈이 가만히 무너져 내린다
아무도 혼자가 아니라고
너와 나 사이의
벽을 두드린다

\>

별을 닮은 육각형

지상에서 가장 깨끗한 무한을 후우, 불어 낸다

새해

별것 없이 지난 어제와
별 탈 없는 오늘과
이렇게 그렇게 짚풀처럼
별 볼 일 없이 뉘어진 날들 속에

별일이라는 듯
별같이 빛의 탯줄 달고 태어난
풋콩 빛깔의 새해 첫날

새 하루는 옛 하루와 다르고 싶어
뒤축 해진 신발 벗고
지난 되풀이 끊은 종탑으로 눈길 모은다

나날이 잔뿌리에 태양 불붙여
늘 있는 제자리에서
작고 앳된 꽃봉오리 맺기를

이때를 상쾌하게 넘어
닮은 순간에서 다른 순간으로
빛나는 느낌표 터뜨리기를

>
별것 아닌 날들 속에
꾸밈없이 상냥한
별것과 별일이 많아지길 바라는
잔별만 한 종소리
사금 같은 모래알 시간 위에 뿌려 본다

편지

햇빛 숨 모아
그리움으로 출렁출렁 움직이는 바다 엄마

때로 지친 일상 벗어던지고
흘러가고 흘러오는
생기에 찬 소금 냄새 맡으러 갑니다

부드러운 모래밭 쉴 자리
넉넉히 내어 주는
영원의 빈 파아란 품

구름의 울음이 모여 구르는 바닷가에서
조가비 상처를 운율로 둥글리는 바닷가에서

수평선에 걸린
저녁 해 마주하고 앉아
순간마다 작별하는 파도의 물거품에
응어리 재우고 오면

부서졌다 일어섰다

쪽빛 물의 바닥 깊이에서 하얀 너울 피어오르는
춤추듯이 순결한 바다의 노래

멀리 돌아와서도
내내 흥얼거려요

탱자

때 안 묻은 유년의 향기가
다섯 바구니 넘도록
몽실몽실 비어져 나온다

호수의 연처럼 눈이 서늘한 여동생과
탱자의 둥근 문체로 동화를 짓던
향기 어린 별자리를 쓸며 문득 되짚어 본다

가시 길 걸어오며
금 간 하늘 수천 번 삼키고
꽃으로 토해 놓은
소금기 많은 순백의 언어를

그 소리 받아 마침내
탱탱하고 싸한 경지에 오른
십오 촉 알전구
손바닥에 만져지는 샛노란 열매의 숨빛을

때 묻은 날이 무거울 땐
싹트는 향기 두엇 내 앞에 놓아 둔다

빛 천천히 옮아올 때까지
길들은 시선을 첨벙, 경이의 향기에 담근다

앞치마 1

깜깜한 구정물도 마다 않고
꽃을 받듯
내 앞에서 한 움큼씩 받아 준다

얼룩 엉겨 부어올라도
아무 말 없이
하늘하늘
새 기운의 빛을 묶는 앞치마

자맥질하는 물소리를
빈틈에 받아안은 바다처럼

속 가득 헹군
물 한 자락 펼쳐서 나는
물처럼 틈 많은
앞치마가 되고 싶다

내 한숨을
앞에서 아득히 받아 내는 앞치마
네 눈물을
아늑히 닦아 주는 앞이 푸른 앞치마

앞치마 2

무얼 묻혀도 편안한
앞치마를
풀밭만큼 활짝 늘여 입고
느리게 네 말 듣는다면

튀는 땟국 온몸에 받으면서도
순간을
짤막짤막 꽃 피우는
풀꽃 무늬 앞치마를 두르고

가시 돋친 서운한 말
솜빛 될 때까지 몇 겹의 시간으로 닦아 낸다면
콕콕 찌르는 모난 말
바퀴 되어 굴러가도록 각진 모서리 문지른다면

지나간 허물
덧나지 않게 덮어 주고
처음처럼 나중까지
우리 사이 풀뿌리로 다시 시작할 수 있다면

밑줄 그으며

노을빛 색연필로
밑줄 그으며 글을 읽으면
생취나물을 씹을 때처럼
글이 향기롭게 맛있다

힘주어
밑줄 치듯

네 가슴에서 새어 나온 푸성귀빛 언어를
오래 곱씹으면
내 하루가 배부르겠다

시근거리는 말은 그냥그냥 넘기고
온기 머금은 말은 보고 또 보면서

모든 따뜻한 마음에
노을빛 속도로
산마을 저녁연기처럼 느긋이
밑줄 그으며

\>

나는 늘
보이는 것들의 안 보이는 속을
한 줄씩 감탄하며 읽고 싶다

때죽나무

네 영혼만큼
너무 높은 나무의 한 빛에 쏠려
뒤척이는 눈 발자국

갔다가 오고 얼었다가 녹고
길 없는 길에 희끗희끗 생겨난
발 시린 내 발자국

뒤축 닳은 그믐달을 벗어 놓고
내가 거꾸로
꽃 맺히듯 선다

목까지 찬
말할 수 없는 말을 가지마다 널어 두면
그새 기척도 없이
속살 헤치고 날아오르는 눈먼 새 떼

바람 부는 하루가
짤랑, 새 땅 새 숲으로 흔들린다

>
무슨 한마디라도 들을까 귀 기대고
몇 번이나 하늘 쪽으로 발돋움했을까

돌아보면
지워지지 않게 소리 깊은 노을이 번지고
너를 넘겨보는 내 이마 위로
수런수런 내일의 종소리가 모인다

투명한 사랑

방승호(문학평론가)

흐름 속에서

흐름이란 각 부분이 시간과 함께 이동하는 현상을 말한다. 어떠한 물체가 한곳에 고정되지 않고 그 위치를 이동하는 게 흐름이다. 고요하게 일렁이는 바다도 당신을 안아 주는 따뜻한 온기도 모두가 흐름이라는 정의 안에 있는 현상들이다. 그런데 때로 흐르지 않았으면 하는 순간들이 있다. 시간의 중력대로 흐르지 않고 그대로 있길 바라는, 그렇게 모든 게 정지된 상태로 이어졌으면 하는 장면이 있다. 대부분은 이를 간직하기 위해 사진기를 꺼내겠지만 어떤 한 사람은 그 장면을 기억해 두었다가 시를 짓는다. 누군가를 위해 따뜻한 아침을 준비하는 마음으로 시를 짓는 사람. 흐름 속에 숨겨진 작고 맑은 존재를, 가능한 투명한 렌즈에 담기 위해 "마음의 꽃

눈"(「어떤 꽃길」)을 품은 사람이 여기 있다.

김민하의 『아무것도 아닌 것 같은 그 아무것들』은 사소해 보이는 주변의 단면을 담은 시집이다. 흘러가는 삶과 일상의 작은 부분을 채우는 사물들이 이번 시집에 가득하다. 길 가장자리에 웅크린 풀잎에서부터 꽃과 나무, 산과 별까지 주변에서 쉽게 마주칠 수 있는 존재들이 그의 시를 이루기 때문이다. 아무것도 아닌 것 같지만 늘 곁에 있으면서 인간의 삶을 비추는 것이 시인이 포착하는 대상이다. 시인은 감성의 과잉을 드러내기 위해 무의미하게 언어를 해체하려는 경향을 따르지 않는 대신, 가장 사소해 보이는 현상을 포착하고 그 이면의 가치를 언어화하는 데 주력한다. 비록 그것이 "몇 푼 안 되는 단출한 소망"(「단선율의 일상」)과 같을지라도 시인은 일정한 시간의 흐름 속에서 가장 낮은 곳을 비추는 작고 소중한 것들을 위해 시를 쓴다.

푸른 덩어리 부푼 풀밭에
푸르게 쪼그려 앉아
가득히 보면 보일까
꼭꼭 숨겨진 세상 바깥의 네 잎

나도 한 포기 푸른 것 되어
없는 소리 삼킨 토끼풀처럼 귀 열고
푸른 물음 일렁여 찾으면 나타날까

수줍은 소리 꿈틀거리는 네 잎

절하듯 몸 굽혀 푸르게 본다는 건
어딘지 모를 깊이에서 푸른 깃을 쳐
한 잎 더, 그 싱그러운 전율로
조금 다른 어마어마한 세계를 만나는 일
                                    —「네잎클로버」 부분

　이번 시집을 지탱하는 요소 중 하나는 푸른 풀잎에 담긴 생
명력이다. 풀잎과 푸른빛의 만남은 이미지의 겹침을 일으키
며 물질의 생동을 부각하고, "어딘지 모를" 깊은 곳에서 솟아
나는 생명력은 "높은 것 낮은 것/ 하늘 품듯 한없게 한결같이
얼싸안"(「봄」)을 수 있는 공생의 세계를 시 속에 펼쳐 놓는다.
중요한 것은 가장 낮은 곳을 먼저 바라보는 시인의 시각에 있
다. 김민하는 절대적인 것에서 의미를 찾기보다 삶의 저변
에 존재하는 작은 경이驚異를 먼저 찾는다. 그의 시가 지상에
떨어진 물방울이나 네잎클로버, 개망초와 같은 자연물을 소
재로 하는 것도 이러한 이유에서다. 커다란 흐름 속에서 작
은 떨림을 일으키는 존재들을 위하는 마음이 시인에게 있다.
　객체의 눈높이에서 다른 대상을 살펴보는 것은 자연물의
역량을 통상의 시각으로 한정하지 않으려는 시인의 시도다.
이것은 바깥의 언어로 발화되지 못한 마음을 일정한 흐름으
로 정의하지 않겠다는 의지의 표현이기도 하다. "푸른 덩어

리 부푼 풀밭에/ 푸르게 쪼그려 앉아" 더 사소한 존재를 살펴보는 시인의 상상력은, 미세한 풀꽃의 숨소리가 들려오는 그 생의 사각지대로 우리를 이끈다. 김민하 시는 감각의 중첩과 전이를 통해 관념의 틀을 허무는 이미지가 돋보인다. 비유와 겹쳐지는 감각 이미지는 대상을 낯설게 하는 방식으로 미세한 공간을 전경화하는가 하면, 역동 이미지는 여러 감각과 어우러져 물질에 생동을 불어넣는다. 이번 시집에서 "세례수 한 방울만 한 네 잎"의 박동과 "활자 속 들꽃의 막 피어오르는 중얼거림이 들"(『책』)려 오는 이유도 이미지를 타자의 세계로 환원하는 시인의 상상 때문이다.

소멸하고, 생성하는,

　　문학 이론에서 낯설게 하기는 관념을 질서에서 벗어나게 하는 시도이지만, 이번 시집에서는 그 관념이 오랜 시간의 무게를 감당했다는 사실을 증명하는 데 쓰인다. 우리는 흘러가는 시간의 무게를 버티며 살아가는 게 인간뿐이라고 단정할 수 있는가. 아니다. 땅 위의 작은 풀꽃부터 하늘의 별까지 시간의 중력을 거스르며 존재하는 것은 이 세계에 아무것도 없다. 다만 자신이 감당하는 무게를 뒤로하고 꽃을 피우거나 빛을 내고 있을 뿐, 단정하게 포장한 삶 뒤로 슬픔 한 움큼씩은 누구나 다 가지고 있다. "미루나무 속잎 같은 파르란 희망 몇 움큼"(『밤의 설거지』) 이면에는 "오래 어둑했던/ 쓸쓸하고 배고픈 그림자"(「그림자」)가 희미하게 새겨져 있는 법이다.

　김민하가 생성과 소멸을 함께 말하는 것도 이런 까닭에서다. 사랑의 생동 이면에 결핍의 그림자가 전제한다는 사실을 시인은 알고 있다. 그렇다고 해서 봄을 맞이하기 위해 겨울을 거쳐야 하듯이 빛을 마주하기 위해서는 눈을 감는 인내가 필요하다는 말을 하는 게 아니다. 다만 문제적인 것은 이러한 삶의 역설을 버티고 있는 사각의 존재들을 시인이 호명하고 있다는 것. 그리고 이러한 질서 이면의 흔적을 시인이 재생한다는 사실에 있다. 빛 바깥의 어둠이 아닌, 빛의 사각지대에 있는 어둠의 그림자를 응시한다는 게 김민하 시의 차별점이다.

　　줄어드는 시간의 한 토막을

　　불 향기로 채우며

　　제자리에서

　　촉수 높여 산다

　　혼신으로 타는 불이

　　찰나를 사르면

　　쌓여 가는 발그레한 침묵

　　그 아래 들이치는 가만한 소리들

　　　　　　　　　　　　　　　　—「촛불」부분

바람이 몰려오면

바람보다 앞서

별똥별의 긴 그림자 같은 푸성귀의 무르팍

들썩여 일으키는 생기발랄한 최후

온몸 빛에 적셔

무색투명하게 소멸하는

영롱함이 되자고

물껍질 깨어지기까지 저를 텅, 내려놓는다

—「빗방울 하나」 부분

    김민하는 소멸과 생성을 같이 이야기하지만 생성을 위해 소멸을 정당화하지는 않는다. 다만 시인은 생성과 소멸이 늘 그림자처럼 겹쳐 있음을 말하면서 시간의 흐름과 함께 사라지는 타자의 흔적을 되찾기 위해 노력한다. (흘러가는 시간과 함께 쌓이는 것은 과거다. 그리고 과거는 시간의 흐름을 버티고 버티다 결국 소멸된다. 이번 시집에서 별, 빗방울, 풀꽃과 같은 존재들을 종종 마주치는 이유도, 이들의 밝음 이면에 소멸의 그림자가 드리워 있기 때문이다.) 김민하는 사회를 이루는 거대한 시간에 비껴 서 있는 존재들을 호명하며, 생성 이면에 존재하는 소멸의 시간을 감각의 층위로 끌어올린다. 꽃이 피기 이전에 존재했던 빗방울의 흔적처럼 그것이 설령 찰나에 불과한 미세한 것일지라도.

스스로를 태워 주변을 밝히는 촛불이 시간 속 어둠을 밝히는 존재라면, 낙하하는 빗방울은 찰나의 떨어짐으로 세상을 촉촉하게 적시는 존재의 비유다. 이러한 점에서 소멸은 자신의 한정된 시간을 기꺼이 소진하는 생명력을 역설적으로 함의한다. 소진되는 생의 형식으로 바깥의 생성을 도모하는 존재의 아이러니가 김민하 시에 전제한다. 주체에 의해 포섭되는 대상이 아닌, 스스로가 움직임을 보이는 객체. 이들은 생성을 위해 기꺼이 소멸에 다가간다는 점에서 차별적이다. 스스로 역동을 발휘하는 김민하의 객체는 대상이라는 정의에서 벗어나, 자신의 목소리를 내는 주체성을 획득한다. "씨앗만 한 글자들이/ 일필휘지로 껍질 뚫고 푸릇푸릇 일어나"는 모습과 함께 「벚꽃의 자기소개서」가 보인다.

나는 봄에 태어났어요
토닥이는 빗소리 수천만 번 세며
자꾸 감기는 눈 치켜뜨면서
필 꽃 피워 낼 생각에 황홀했어요

봄이 생일인 나는
하루만 살듯 봄을 통째로 숨 쉬어요

나의 뿌리는
바닥보다 항시 더 바닥 밑에서

접혀 있는 작은 꽃을 펴

소화 성녀처럼 욕심 없이

나뭇가지 손가락에 활짝 쥐어 주어요

작년에 부러진 까슬한 줄기에

꽃문양 반창고 붙이니 꿈처럼 고통이 그쳤어요

　　　　　　　　　　—「벚꽃의 자기소개서」 부분

　화자의 목소리를 빌려 벚꽃이 말하는 시다. 벚꽃을 위해 (시인이) 화자의 자리를 비워 두었기에 가능해진 일이다. 사람의 말을 빌려 전하는 벚꽃의 목소리에서 봄을 위해 거쳐 온 나무의 고통과 인내가 겹쳐진다. 꽃의 황홀함 뒤에는 떨어진 빗방울만큼 새겨진 뿌리의 고독함이 함께 다가온다. 뿌리의 멜랑콜리다. 벚꽃으로부터 생성 이면에 도사리는 슬픔이 느껴지는 것은 왜일까. 그것은 꽃을 위해 바닥보다 더 바닥 밑에서 어둠을 견뎌 온 뿌리의 시간이 존재하기 때문이다. 끝내 전해지지 못하고 사그라진 객체들이 있다는 사실이 역설적으로 어둠을 전유하여 꽃을 피우는 힘이 된다. 문학이 미래를 말하기 위해 먼저 과거를 수집하는 것이라면, 김민하의 시는 생동하는 감각 이면에 감춰진 존재들의 시간을 재생하는 방식으로 은밀하게 미래를 밝힌다. 너무 익숙해서 흔한 일들로 치부된 타자의 순간을 재현하는 작업을 시인은 거듭한다. "어둠에 기죽지 않고"(「어떤 꽃길」), "끝내 말이 되지 못한 풀꽃

의 사연을 받아 적"(『산』)으며 그들의 시간을 증언하는 일에 시
인의 언어가 놓인다.

그 모든 것을 품는,

그런데 필요한 것은 이러한 존재들을 담을 수 있는 세계
다. "너 없는 나를/ 상상할 수 없"(『제비꽃』)듯이 안길 곳이 없
는 마음은 좀처럼 이어 가기 힘들다. 도착하지 않은 언어가
거리를 부유하다 의미를 잃는 것처럼 전하지 못한 마음은 결
국 그 본질을 잃기 마련이다. 타자를 위하는 한 사람이 아니
라 그것을 온전히 나누고 이어 갈 마음들이 필요하다. 우리
는 서로를 비춰 줄 마음이 필요하다.

유리병의 별이
사라질수록
달강달강 움터 오르는
내 동공 속의 빛

두렷이 실려 오는 열망 한 움큼
바람에 살아오는 동경 한 움큼

별빛 덜어 이마 적시면

없는 듯 푸르게 있는 하늘가

구르다가 잠시 멈춘 구름에 갇힌 네 꿈도

언뜻언뜻 되비치겠다

―「별사탕」 부분

별사탕을 먹을수록 유리병에 움트는 빛은 비움으로 채워지는 마음을 가리킨다. 유리병 속 별(사탕)이 사라질수록 오히려 더 많은 빛이 그곳에 담긴다. (빛은 투명할수록 더 많은 빛을 품을 수 있으니까.) 투명한 병 안으로 빛의 따뜻함이 스며든다. 온기가 느껴진다. 감각의 겹쳐짐과 함께 아이러니가 모습을 드러낸다. 이것이 김민하 시를 움직이는 원리다. 김민하는 통상의 관념을 뒤집는 감각으로 질서에 균열을 낸다. 그의 시가 보이는 것보다는 잘 보이지 않는 것을, 채우는 것보다는 비우는 것을 말하는 이유는 이러한 까닭에서다. 그는 이면의 것을 감각화하여 삶의 역설적 가치를 말한다. 유리병의 별빛이 덜어질수록 너의 꿈이 되비치겠다는 고백은 생색과 사치, 치레와 거짓으로 물든 현실의 스노비즘을 보란 듯이 뒤집는다.

김민하의 언어는 현실의 모순을 직설하지 않지만 은폐된 타자의 시간을 응시하고 그 흔적을 온전히 재생하기 위해 쓰인다. 타인의 욕망을 욕망하며 자신을 드러내는 현실의 허상은 김민하의 시에서 빛을 발하지 못한다. 채우면 채울수록 무뎌지는 감각은 시인의 언어와 응집되지 않는다. 오히려 자신을 비우고 태우며 소진하는 존재만이 시인이 말하는 삶의 진

실을 품을 수 있다. 시인의 언어와 함께 눈앞의 유리병이 더 투명해지고, 별사탕을 비울수록 더 많은 빛이 보인다. 하늘의 구름도, 푸르른 하늘도 빛을 발한다. 가려 있던 너의 얼굴이 보인다. "아무것이 없는데/ 너는 빛난다"(「유리창」).

아무것이 없는데
너는 빛난다

흘러내리는 빗물의
무수히 빗금 진 생채기를 보듬고
기척만 남기고 달아나는 바람의
깨어질 듯 여린 그리움을 안고

한사코 앞의 앞만 보며
씻은 속 화안히 언제나 빈 안팎으로
그쯤 있는 너

꽃이 핀다고
꽃 핀 날의 짧은 설렘을
이만큼 내 머리맡에
펼쳐 두고

가지고 갈 것이 없다는 걸 벌써 아는 듯

끝끝내 아무것이 없는 너는

있는 대로의 모든 것을

한 품에 하나로 비춰 주는 사랑인가

—「유리창」 부분

"반짝임 밀고 나오는 행간의 꽉 찬 별빛이 보인다"(「책」). 비
움으로 볼 수 있는 게 이렇게 많다. 아무것도 아닌 일로 가능
해지는 게 이렇게나 많이 있다. 이번 시집에서 유리창은 객체
그대로의 본질을 품어 주는 사랑을 함의한다. 조건 없이 모든
존재를 끌어안는 마음이 유리창의 비유다. "아무것이 없"다
는 말은 치레와 격식이 없는 순수한 객체를 의미하기도 하지
만, 모든 것을 아무런 거리낌 없이 바라보려는 화자의 투명한
마음을 가리키기도 한다. 시인의 상상력은 자신을 내어 아무
것도 아닌 존재들을 온전히 비추는 유리의 투명함에서 비롯
된다. 이는 은폐된 존재를 평등하게 바라보며 지나간 시간의
가치를 밝히는 윤리성과 맞닿는다.

꽃을 피우기 위해 바닥의 어둠을 견뎌 온 뿌리의 비유처
럼, 보이지 않는 곳에서 누군가를 지탱했던 타자의 그림자.
이것을 재생하는 일이 시인의 작업이라면, 그가 이러한 과
정을 거듭하는 이유는 무엇 때문일까. 그것은 이러한 시도
가 언어의 균열을 넘어서 삶을 움직이는 작은 떨림을 일으킬
수 있다는 기대가 있기 때문이다. 소멸이 기어코 생성의 예
감으로 이어질 수 있다는 믿음과 함께 다시 고개를 들어 하
늘을 보면, 낮은 곳에 있던 생명이 하얗고 투명한 존재가 되

어 내리는데.

눈꽃

마주 보기 정갈한

저 높은 데서

강보에 싸인 눈송이가 방긋 내려오고

부러진 영원의 날개는 이어져 금빛 깃을 파닥입니다

물가에 앉아 복잡한 생각에 빠진 얼음은

빛의 심장 끌어다 무진장한 생각을 단순하게 녹이고,

놀라움을 한 송이 가슴에 꽂은 나무 아래

천추의 기다림이 곧 완결될 듯 두근거리고요

죽도록 인간을 사랑한 배꼽만 한 빛이 태어나

텅 빈 천지에

생금 같은 지금이 꽃 필 듯하여요

　　　　　　　　　　　　　　　　—「크리스마스카드」 부분

네잎클로버에서 시작한 생의 감각은 촛불과 빗방울을 거쳐 세상에서 가장 맑고 투명한 결정이 되어 주변을 하얗게 뒤덮는다. 눈꽃. 이것은 구름 속 물방울이 모여 생성된 결정이기도 하지만, 현실의 흐름을 딛고 기어코 하나의 장면으로 남겨진 시간의 결정이기도 하다. 물론 지상에 닿은 결정들은 다시 물이 되어 흘러가겠지. 그러나 이제는 두렵지 않다. 우리에게는 흐름 속에 숨겨진 작고 맑은 존재를 찾을 '마음의 꽃눈'이 함께하기 때문이다. 기다림이 두근거림이 되고 '눈꽃'에서 다시 '꽃눈'을 예감하는 따뜻한 언어의 향연. 이 맑고 투명한 상상력으로부터 세상은 다시 빛을 밝힐 테다. 눈꽃이 토양을 적시면 꽃눈이 다시 움틀 것이라는 믿음이 여전히, 우리에게 있으니까. 그것이 시인이 말하는, 사랑일 테니까.

천년의시인선